RAOUL DE L'ANGLE-BEAUMANOIR

LES

FLEURS NOIRES

LA TOMBE DE CYNTHIE. — LES PHALÈNES

LE NID D'ALCYONS

PARIS

ALPHONSE LEMERRE, ÉDITEUR

27-31, PASSAGE CHOISEUL, 27-31

M DCCC LXXIX

LES

FLEURS NOIRES

RAOUL DE L'ANGLE-BEAUMANOIR

LES

FLEURS NOIRES

LA TOMBE DE CYNTHIE. — LES PHALÈNES

LE NID D'ALCYONS

PARIS

ALPHONSE LEMERRE, ÉDITEUR

27-31, PASSAGE CHOISEUL, 27-31

M DCCC LXXIX

A JULES ZANNÉ

MON CHER AMI,

A vous ces pages.

Au moment de livrer ces humbles poëmes au jugement du public, j'avais toujours désiré inscrire à leur tête, le nom d'un ami, et le nom d'un poëte. — Vous êtes l'un et l'autre ; je vous les dédie.

Pendant plusieurs années, nous avons vécu côte à côte, nous inspirant des mêmes auteurs, admirant les mêmes esprits, contemplant le même idéal. — Nous avons ensemble penché nos fronts sur les mêmes livres, éprouvé les mêmes impressions ; et que de fois, m'avez-vous vu, fervent disciple des Par-

nassiens, restant dans l'extase devant le style in-comparable de notre inimitable Maître, Théodore de Banville, vous répéter souvent : avant tout, le poëte est un musicien ; la pensée est sans doute, en lui, un bel accessoire, mais avant tout, qu'il soit harmonieux : en poésie, la forme prime le fond : la rime, c'est le poëte.

Enfin, c'est à vous que je dois d'avoir écrit ce poëme : la Tombe de Cynthie, dont vous m'aviez rapporté de votre pays, la touchante et merveilleuse donnée, et où la connaissance profonde que vous avez de nos deux idiomes, roumain et français, vous a permis de me guider dans la tâche, d'en faire passer dans notre langue, les délicates et suprêmes beautés.

Permettez-moi encore, cher Ami, de saisir cette occasion, pour remercier du fond de l'âme, les poëtes qui m'ont accordé leur appui, et entre eux tous, mon cher Maître, François Coppée. — Permettez-moi d'espérer aussi que cette expression de ma recon-naissance montera jusqu'à Celui, qui le 5 mai 1878, m'a fait l'honneur de me recevoir pour la première fois ; Celui dont chaque poëme nouveau est un pas de plus dans la voie du génie, et qui voit aujourd'hui, l'admiration universelle déferler à ses

*pieds, comme naguère, les flots de la mer d'exil,
contre les âpres rochers de sa solitude de Guernesey.*

*Vous allez repartir bientôt pour l'Orient, pour
l'Orient, plein de lumières !... emportez-y ces
Fleurs de la nuit ; elles vous rappelleront le souvenir de leur auteur, et elles sont de tout pays,
puisque partout hélas ! l'homme souffre, pleure, et
succombe.*

RAOUL DE L'ANGLE-BEAUMANOIR.

Avril 1879.

LES FLEURS NOIRES

LES FLEURS NOIRES

A MON AMI, E. GAUTHIER.

Lorsque on monte d'un pas tremblant,
Le long des ravins du Mont-Blanc,
Tour à tour on voit disparaître
Les arbres qui croissaient en bas;
On voit s'effacer sur ses pas,
Le sapin, le chêne et le hêtre.

Des glaçons, aux âpres contours
Ayant l'apparence de tours,
Hérissent leurs bras sur la pente;
Et sur des gouffres désolés,
On trouve des fleuves gelés,
Au lieu d'un ruisseau qui serpente.

Car le vent souffle, et sa rigueur
Fait ici mourir de langueur
Les fleurs qui peuplaient la vallée,
Et plus on gravit de coteaux,
Plus on rencontre de plateaux,
A l'apparence désolée.

Enfin, aux abords du sommet,
Le tourbillon glacé permet
A quelques lichens sans verdure,
D'étaler leur front dans les airs,
Semblant pousser dans ces déserts,
Sur le tombeau de la nature.

Dans la vie hélas ! c'est ainsi...
Sur le chemin, on voit aussi,
Le vide entrer dans nos mémoires ;
Et dans le cœur prêt à mourir,
On ne sent à la fin fleurir,
Que l'essaim sombre des Fleurs Noires.

A AUGUSTE BRIZEUX

O poëte ! ta voix avait le timbre austère,
Qui parle à tous les cœurs, mais qui parle tout bas,
Cygne blanc, tu passas loin du souffle adultère
De ces hommes impurs que tu ne voyais pas.

Tu passas souriant, peu connu sur la terre,
Chantant à demi-voix, en allant au trépas,
Chantant à demi-voix, ton chant au Finistère,
Accords perdus hélas ! dans le bruit de nos pas.

Et puis, tu t'en allas, tu désertas la vie,
Sans plainte et sans soupir, ô chantre de Marie !
Laissant tomber ton luth au fil d'azur des flots ;

Mais un jour, en errant, et songeant à la tombe,
A cette heure où la nuit, au fond des âmes tombe
La mer me l'a rendu dans un de ses sanglots.

LE LIMAÇON

A MONSIEUR E. LEGOUVÉ

Songeant toujours à ceux, qui plus tard passeront,
Chacun cherche ici-bas, en son obscur voyage,
A laisser sur le sol, trace de son passage,
Avant de s'en aller où les êtres iront.

Le vaisseau que bientôt les flots ballotteront,
Dessinera sur l'onde, un long et blanc sillage ;
La mer laisse sa houle imprimée au rivage ;
La nuit, la perle d'eau, que les matins boiront.

Le limaçon, lui-même, au fond de sa coquille,
Dont le soleil brûlant détache mainte esquille,
Participe, en sa sphère, à cet élan sacré ;

Et vient, prisonnier triste, en ses destins moroses,
Poser son baiser froid sur la feuille des roses :
Bave immonde pour nous ; pour lui, réseau nacré.

LA MOUCHE

A MA SŒUR

Voyez au bord de la fenêtre,
Cet insecte qui s'est posé ;
Il fuit, et cherche à disparaître,
Sous un carreau demi-brisé.

Pourquoi ? pour fuir la main des hommes,
Pauvre mouche, qui te poursuit ;
Tu dois nous haïr, car nous sommes,
Ta terreur, le jour et la nuit.

Nous maudire, ainsi que ces toiles
Toujours prêtes à dévorer ;
Fuis vers le Ciel !... Car les étoiles
Sont mouches, que Dieu sut dorer !

Oui, sois libre dans l'air, ô mouche,
Loin des hommes et des faucheux,
Et que ma main qui t'effarouche,
Te montre l'azur radieux.

Je te dis : Va !... surtout profite
Du moment si près d'expirer ;
Le présent hélas ! fuit trop vite,
Pour songer, ou pour espérer.

Laisse l'Espoir à ceux qui rêvent,
Le souvenir, aux cœurs blessés.....
Mais déjà tes ailes t'enlèvent.
De ces carreaux demi-brisés.

CHANTS PERDUS

Je venais bien souvent jadis sur cette grève,
M'asseoir près des flots bleus, au chant doux et profond,
J'étendais mes regards à l'horizon sans fond,
Et me laissais aller au courant de mon rêve ;

J'étais heureux alors..... la note tantôt brève,
Ou longue, que les mers sur les vieux rochers font ;
Et les cris des oiseaux que l'oreille confond,
Montaient jusqu'à mon cœur que la pensée élève;

Où sont-ils donc ces jours ?... seul, près des mêmes flots.
Je suis venu, depuis, entendre leurs sanglots,
Et je me suis assis sur la pierre brunie ;

Et j'écoutai longtemps leur flux et leur reflux,
Pour y sentir encor leur lointaine harmonie ;
Mais j'eus beau la chercher, je ne la trouvai plus.

L'HOMME ET LES HOMMES

A M. BRETEAU.

Ah ! ne coupe jamais l'aile de ta pensée,
Ne fonds pas ton esprit dans les moules humains,
Et si ton pied s'écorche aux cailloux des chemins,
Sois-en fier, si par toi la route fut tracée.

Que t'importe après tout qu'une foule insensée
Te morde les talons ou te lèche les mains,
Si tes jours de bonheur ont de noirs lendemains,
Tu te trouveras seul, sur la route glacée.

2.

Car, sache-le, vois-tu lorsque le malheur vient,
Tels que les poux d'un chien désertent sa charogne,
L'homme, de son semblable, à peine se souvient ;

La tendresse du monde est celle d'un ivrogne,
Qui voudrait dans ses bras vous tenir enlacé,
Et vous oublie alors que son vin est passé.

HUMANITÉ

A STÉPHANE MALLARMÉ

Voyant sombrer chaque espérance,
Toujours l'homme est dans la souffrance,
Comme au long de la route immense
Les cailloux des bords du fossé ;
On marche, on pousse, on le repousse,
Il va, roule à chaque secousse,
Sur l'âpre roc ou sur la mousse,
Toujours heurté, toujours froissé.

Il voit passer la sombre foule,
Mer insensible, vaste houle,
Qui reste froide, quand il roule
De douleur en douleur, hélas !

Et l'on s'irrite, quand il pleure,
On sourit, quand en lui demeure,
Un chagrin qui fait qu'à toute heure,
Il entend résonner le glas.

Il voit ternir d'un ris profane
L'idéal pur et diaphane,
Que son cœur où rien ne se fane,
Garde, étoile d'un ciel obscur ;
Car la foule, qui rampe à terre,
Se croit digne, et se croit austère,
En glaçant d'un souffle adultère,
Ce qui plane au fond de l'azur.

C'est ainsi qu'il vit, qu'il travaille,
Qu'à tout pas, le monde le raille,
Comme le caillou qui s'éraille,
Par le pied, sans cesse heurté ;
Et que, dans la profonde lutte,
On voit tomber de chute en chute,
L'homme hélas! que l'homme rebute,
En lui disant : Humanité !

LE SINGE

A MON AMI, LE D.ʳ POMPEI.

Grave, pensif, assis, il ronge quelque tige,
Ou quelque fruit lancé par la main d'un passant,
Prenant d'un geste brusque et d'un air grimaçant,
Ce que nous lui tendons, pâle et mesquin vestige.

Puis tout à coup saisi comme par un vertige,
Il saute à son trapèze et court en bondissant,
La queue en cercle, avec une tache de sang,
Se livrer sans prétexte à cent tours de voltige.

Promeneur, je regarde; et songeur, je souris,
Car il me semble voir au travers de ses cris,
Dans son œil hébété, sa destinée écrite;

Et tandis qu'il bondit, aussi prompt que le vent,
Je pense alors à l'homme, hélas! le plus souvent,
Vicieux comme lui, mais de plus, hypocrite.

OH! NON, NE DITES PAS...

Oh! non, ne dites pas que l'on meurt de chagrin!...

Le navire peut bien s'abîmer sous le grain ;
L'arbre peut se broyer sous l'effort de l'orage,
Et quand la haute mer vient balayer la plage,
Les pétrels endormis dans le creux d'un rocher,
N'entendant pas la vague immense s'approcher,
Et n'apercevant pas sa frange dans la brume,
Peuvent tous s'engloutir au remous plein d'écume !...

L'homme jamais, hélas !... on ne peut le briser ;
Et la douleur a beau l'étreindre et l'écraser,
Il ne peut pas mourir... il souffre !... et quand sa tête
Se relève entre deux assauts de la tempête,
Il murmure atterré du coup qui l'ébranla :
— « Comment avons-nous donc fait pour passer par là ?... »

UN SOLITAIRE

A LECONTE DE LISLE.

Là-bas, dans la forêt, à l'ombre du vieil orme,
Se dresse un champignon, dont le bizarre aspect
Commande le regard, et presque le respect :
Corps grêle surmonté d'un capuchon énorme ;

Il vit là ; chaque jour, changeant un peu de forme,
Pensif, avec un air profond et circonspect,
Tigré de rouges points qui le rendent suspect,
Et procurent la paix à son être difforme.

Son pied trempe toujours dans une mare d'eau,
Et le soleil ne peut pénétrer le rideau,
Que font à ce réduit, les arbres de l'allée.

Je m'en vais visiter cet ermite souvent,
Abordant avec soin, sa retraite isolée,
Car, je le traite un peu comme un être vivant.

LE POTEAU

Préparer au malheur, c'est-à-dire tuer
Par mille coups d'épingle affreux, s'évertuer
A creuser lentement une incurable plaie
Comme sur un corps mort fixé sur une claie ;
Puis quand on croit au cœur, voir le sentier frayé,
Laisser tomber enfin sur le front effrayé,

L'épouvantable coup de la nouvelle sue.

Oh ! pourquoi l'aiguillon, au lieu de la massue ;
Pourquoi, comme un sauvage, affiler le couteau
Devant le malheureux cloué sur un poteau !

—

VÉRITÉ

A MON PÈRE

Avant de croire au vrai, l'on croit à bien des choses,
A la vie, à l'espoir, aux songes accomplis ;
On commence la vie, en effeuillant les roses.
Dont on sent le parfum, sans ressentir les plus.

On croit à l'horizon d'opale aux reflets roses,
Où le soir drape en or, les bois, de chants remplis ;
Aux superbes splendeurs, soleil, dont tu l'arroses,
Aux arbres y baignant leurs rameaux assouplis.

3

Puis quand on a bien cru dans le jour diaphane,
Dans la fleur embaumée et qu'aucun vent ne fane,
Quand on se croit solide en ce sommet si beau ;

Quand on se sent heureux, le vrai brise le voile,
Et sous nos yeux en pleurs, brusquement se dévoile
La triste vérité qu'on nomme le tombeau.

LA

TOMBE DE CYNTHIE

LA TOMBE DE CYNTHIE

C'était plus qu'une vie, hélas ! C'était un monde,
Qui s'était effacé.

ALFRED DE MUSSET.

Sur les bords embaumés des grèves de Sicile,
S'élève près des flots d'où semble émerger l'île,
Une verte colline, un sommet, un talus
Que couronne un bouquet de sapins chevelus.
A demi suspendue entre le ciel et l'onde,
C'est un tranquille abri loin des vains bruits du monde ;
La mer vient y mourir sur un lit de gazon,
Et ce faîte qu'on voit du lointain horizon,
Est un abri certain, qui chaque soir, héberge
Les nombreux goëlands, égarés sur la berge.

Là, sous l'épais bosquet qu'offre ce tertre vert,
Se trouve un marbre blanc par la mousse couvert.
Seule, jetée au bord de la grève azurée,
Pierre aujourd'hui perdue, et de tous ignorée,
Indiquant seulement que peut-être autrefois
Un pas humain venait s'égarer sous ces bois,
Dernier et froid asile, où le triste adieu tombe,
Cette pierre isolée, hélas ! est une tombe.

Elle est là. Tout le jour, les branches en arceaux
Laissant le soleil pur traverser leurs berceaux,
Dessinent sur son front, une courbe magique,
Et tandis qu'elle dort d'un sommeil léthargique,
Près de son humble croix, et des arbres amis,
Étendant dans l'azur, leurs rameaux endormis,
Mille insectes divers sont en vie, auprès d'elle.

Le papillon léger la frôle d'un coup d'aile,
Les ramiers assoupis murmurent leur doux chant,
Et le soir, lorsque arrive à l'heure du couchant
L'essaim tourbillonnant des mouëttes sans nombre,
Sous les derniers rayons qui vont précéder l'ombre,
Tout cet ensemble est teint d'un coloris changeant,
Fait de pourpre du ciel, et de vagues d'argent.

Puis bientôt au zénith, la lune au regard pâle
Jette sur l'horizon, une teinte d'opale,

Et le terre s'endort, dans l'ombre, où rien ne luit,
Dans le vague et profond silence de la nuit.

Or, un soir de l'été, tout dormait en silence,
Les flots pleuraient au loin,. en se brisant dans l'anse,
Et comme un vague accent répandu sur les eaux,
L'âme des nuits chantait sur le front des roseaux.
Dans ce calme profond, qui régnait sur le monde,
Sans cesse habituée au bercement de l'onde,
Et ne percevant plus dans son sommeil passif
Que le bruit de la mer, brisant sur le récif,
La tombe avait semblé dans cette solitude
Emprunter la muette et pensive attitude
Que procure aux objets, le morne isolement ;
Seule, dans la campagne, elle offrait tristement
Son front pur et glacé dans cette nuit sans voiles,
Où la voûte du ciel resplendissait d'étoiles !...
Tout paraissait ému d'un vague tremblement
Au fond de l'air, parfois flottant confusément,
Et les arbres émus au souffle du zéphyre,
Épendaient leurs rameaux pensifs sur le porphyre,

Et sous l'immense nuit, qui jetait son linceul,
Ici la mer profonde, et là, le tertre seul....

Cependant, tout à coup, au pied de la colline,
A l'heure où le croissant sur l'horizon décline,
Lorsque rien ne vibrait encor du bruit humain,
Un homme s'arrêta sur le bord du chemin ;
Il s'assit, un moment, sur le flanc de la route,
Et se sentant en paix, sous la splendide voûte,
Ainsi qu'un égaré, ce pâle voyageur,
Dans ses mains, un moment, posa son front songeur ;
Il plongea sa pensée en des profondeurs vagues,
Charmé par le long bruit de la mer et des vagues,
Et l'accompagnement, rhythme saint et profond,
Qu'à cet air infini, les hauts peupliers font,
En secouant leur faîte où le zéphyr se joue.
Un déluge de pleurs vint inonder sa joue.
Alors, il releva son front plein de pâleur,
Et comme poursuivi par sa chaste douleur,
Au sein de cette nuit, par l'harmonie empreinte,
Il porta ses regards vers la colline sainte,

Puis, mesurant de l'œil, tous ces sentiers confus,
Il hasarda son pied sur les gazons touffus.

Le chemin était noir ; la broussaille était sombre ;
Mais son pas était ferme en ces détours sans nombre.
Les arbres, la bruyère, et le roc demi-nu,
Et le taillis obscur, tout lui semblait connu
Sous ces sommets courbant leur faîte en forme d'arche ;
Seulement, quelquefois, il suspendait sa marche,
Et portait à ses yeux, ses deux mains, en pleurant.

Le myrte, sur ses pas, était plus odorant ;
Les oiseaux endormis dans l'épaisseur des branches,
Éveillés par le bruit, montraient leurs ailes blanches,
Et les chauves-souris au vol aventureux,
Prenant, au moindre son, leur essor sinueux,
Dessinaient dans le bois, des courbes ambiguës,
Pour se pendre aux vieux troncs, par leurs griffes aiguës.

Mais lui, montait toujours...

                    Dans l'ombre du passé,
Son esprit paraissait longuement enfoncé ;
Le front morne et courbé sous sa pensée austère,

Il regardait encor le sentier solitaire,
Lorsque son pied foula le sommet du coteau....

Il était là debout sur cet étroit plateau,
Et la mer se brisait aux rochers du rivage ...

Et lui ! lui !... sans jeter un regard vers la plage,
Sans entendre des flots l'hymne pur et plaintif,
Marcha droit au bosquet d'un pas bref et hâtif,
Et dans l'épais gazon, où sommeillait le marbre,
Il tomba sur le sol, à l'abri du vieil arbre,
Et par ses froides mains, les rameaux soulevés,
Montrèrent à ses yeux sur la pierre, gravés,
Ces mots demi-rongés par le temps et la mousse :

« Cynthie : onze novembre »....

                    O pleurs que rien n'émousse !
O mystère où jamais aucun flambeau n'a lui !
Le monde entier soudain s'évanouit pour lui !

Prosterné sans regards, sans larmes, sans pensée,
Sur cette pierre hélas ! à tout jamais glacée ;
Désormais son unique et lugubre horizon ,
Il tombe !... il croit tomber plus bas que le gazon ;
Descendre sous la terre où son esprit se noie ;
Tout chancelle... son corps tremble... et le sol tournoie ;
Il se sent arraché par un souffle vainqueur,
Aspiré par la tombe !... (ô Maëlstrom du cœur) !...

Lorsqu'il se releva, sa pensée indécise
Sur le tertre béni, flottait avec surprise ;
Il était à genoux, mais à demi courbé,
Comme auprès de l'abîme où l'espoir est tombé,
Le pâle naufragé, qui veut jeter la sonde...
Hélas ! la mort n'a pas de fond, comme en a l'onde !...

Pleure donc, pleure ici la tête dans ta main,
Le front contre ce marbre, et loin du rire humain,
Car le monde est torrent, et l'ardeur qui l'emporte
Sur les rochers du bord, brise la feuille morte !

Les hommes te diraient, s'ils te voyaient pleurer,
Que chaque chose est faite, ici-bas, pour sombrer ;
Ils te diraient à toi sans guide et sans boussole,
Que de toute douleur une âme se console ;
Vois-tu ; car ce sont là leurs austères discours !
Le fleuve impétueux, brisant tout dans son cours,
En veut au rameau frêle, attaché sur la rive ;
Oh ! que d'âmes, la vie emporte à la dérive !...

C'est alors que penché sur le sombre tombeau,
Où de tout son passé s'éteignit le flambeau,
Il commença tout bas, un chant plein d'harmonie,
Et la nature entière, à la voix infinie,
Les arbres, le ciel bleu, le zéphyre, les flots,
Semblaient accompagner le bruit de ses sanglots :

« Te voilà donc hélas ! pour jamais endormie
Sous cette pierre froide, ô sainte et pure amie,

Te voilà sous ce marbre, et tes yeux sont fermés,
Et les rameaux en pleurs des arbres embaumés,
Etendant sur ton front, l'ampleur de leur ombrage ;
Ces cygnes blancs, dont l'aile effleure ce feuillage,
Et le bruit de la mer, et le bruit de nos pas,
Hélas ! c'en est donc fait, tu ne les entends pas !...
Tu dormais ici, seule, et ta tombe sacrée,
Frêle barque au gazon ; à tout jamais ancrée,
Navire, un triste jour, sombré sur ce rocher,
N'écoutait que les flots battant, sans relâcher ;
La grève au sable d'or, que caresse la brise ;
Et ce marbre, où mon cœur ensanglanté se brise,
Ce marbre, dans la nuit, hélas ! n'entendait plus,
Que de la sombre mer, le flux et le reflux.

« Oh ! pourquoi dans ce monde, où l'âme humaine souffre,
Quand il faut que la mort ouvre son profond gouffre,
Les meilleurs d'entre nous, s'en vont-ils les premiers ?
Qu'est-ce que l'arbre en fleur, sans le chant des ramiers ?
Qu'est donc l'azur du lac, sans la blancheur du cygne ?
Une âme qui rayonne, est-elle donc le signe
D'un départ qui nous fait tous tomber à genoux ;
Autour du vide affreux, entr'ouvert parmi nous ?
Et quand l'âme est si près de voler vers les nues,
Dieu lui donne-t-il donc des splendeurs inconnues !...

« Un jour, je m'en souviens, nous étions réunis
Sur cette grève, hélas! près des flots infinis,
Qui venaient murmurer au pied de la falaise ;
Nous nous étions assis à l'ombre d'un mélèze,
Et nous suivions de l'œil, sous l'éclat du ciel pur,
Chaque vague, en écume échangeant son azur ;
Au loin, se dessinaient des voiles, dont la foule
Suivait, à nos regards, la marche de la houle ;
Les blancs oiseaux de mer venaient sur le rocher,
Et jusqu'auprès de nous, sans crainte d'approcher,
Et semblables parfois à des flocons de laine,
Les nuages au ciel, couraient à toute haleine...
Un navire passait à l'horizon lointain...
Il allait emporté par le vent du destin,
Voilure déployée, empruntant la figure
D'un albatros géant, à l'immense envergure...
Elle jeta sur lui, ses regards radieux,
Et comme le soleil éblouissait ses yeux,
Se drapa dans son voile, en ombrageant sa tête;
Le vent soufflait alors sur le haut de la crête,
Et la gaze agitée en sa main, nous semblait
Être un papillon blanc, qui sous ses doigts tremblait ..

« Frais souvenirs enfuis! ô fleurs trop tôt fanées !
Auréole qui brille à l'aube des années !
C'est lorsque la nature est calme et pure hélas!
Qu'on entend, par moments, tinter le morne glas!...
On entend dans les airs sonner la note sombre ;
C'est la cloche d'appel de la barque qui sombre ;

C'est le sifflet d'alarme, annonçant un écueil...
Quand le roc est trépas, le navire est cercueil!...
Hélas! hélas! tout meurt; le flot sans cesse emporte,
L'hirondelle des mers, sur la falaise morte,
Et la feuille arrachée à l'épaisse forêt;
A chaque heure ici-bas, un monde disparaît...
Mais dans ce tourbillon de l'univers qui change,
Où va la voile? où va la femme au regard d'ange?
Où va l'étoile d'or, qui glisse au fond du ciel ?.... »

Emporté par son chant, loin du monde réel,
Il murmurait encor sa prière isolée,
Quand un enfant parut au détour de l'allée;
Jeune fille, sur l'herbe, avançant à pas lents,
Ses yeux sur le tombeau, s'arrêtèrent tremblants.
Elle marchait pensive et le front vers la terre,
Et quoique habituée à trouver solitaire,
Ce gazon que nul pas ne venait déranger,
Elle ne pâlit point, en voyant l'étranger;
Mais elle s'approcha de l'abri du vieil arbre,
Et posant ses deux mains sur la dalle de marbre,

Elle dit sa prière, et déposa ses fleurs ;
Puis relevant ses yeux, où scintillaient des pleurs :

— « Vous la connaissiez donc jadis ? » demanda-t-elle.

Mais lui, levant son front à la pâleur mortelle,
Il lui dit :

   — « Assieds-toi sur ce tronc ; il est beau
De ne pas oublier les morts dans leur tombeau ;
Oh ! la connaissais-tu, toi qu'une aube illumine,
Pour venir de si loin pleurer sur la colline,
Pour t'égarer, enfant, au bois profond et seul,
Et pour porter des fleurs à la morte au linceul ?...
Oh ! parle, enfant, réponds.. sais-tu dans quel jour sombre,
Un cercueil vint ici reposer à cette ombre ?
Car j'étais loin alors !... mais je t'écouterai
Me parler longtemps d'Elle, et je te bénirai,
D'avoir, unique au monde, et d'une main amie,
Répandu des parfums, sur la pauvre endormie !... »

Elle s'assit sur l'herbe auprès du saint gazon,
Et tandis que le jour montait à l'horizon,
Tandis que les oiseaux s'éveillaient dans les branches,
En voyant du matin, briller les clartés blanches
Sur les monts d'alentour, sa voix au son touchant
Commença son récit, qui semblait être un chant :

— « C'était pendant l'hiver, une courte journée,
Où sur le sol gisait mainte feuille fanée,
Où même, par instants, la neige, blanc manteau,
Couvrait à gros flocons la plaine et le coteau.
Pas de soleil aux cieux, mais un temps plein de brume
Couvrait à l'infini, les flots remplis d'écume,
Et sous l'épais brouillard, et sur le roc glissant,
La vague déferlait avec un sourd accent.
Les arbres étaient nus, et les feuilles flétries,
Qui jonchaient le chemin, par l'aquilon meurtries,
S'envolaient sous le vent, en stridents tourbillons,
Et l'on ne voyait plus, au lieu de papillons,
Que d'obliques hiboux, dont le plumage fauve
Tranchait sur le front gris de l'arbre au sommet chauve.

Tout était morne enfin, quant au loin, j'entendis
Un bruit qui réveillait les échos engourdis,
Comme un appel perdu, comme un battant qui tinte...
Ciel ! à ce noir tableau la mort posait sa teinte,
Car ce lugubre son, hélas ! c'était le glas !...
J'attendis ; et bientôt, glissant sur le verglas,
Un simple enterrement passa dans la clairière ;
Une croix, en avant ; un vieux prêtre, derrière,
Et des hommes en pleurs, qui suivaient tristement.
Le convoi près de nous avança lentement ;
Le cercueil noir tranchait sur cette neige blanche ;
Sous le pas des porteurs, parfois plus d'une branche
Craquait avec un bruit sinistre, et (noirs accords)!
Les échos redisaient les prières des morts !...
Je les vis s'avancer comme en un sombre rêve,
Marchant vers la colline au travers de la grève,
Et c'était déchirant, que de voir ce cercueil,
Auprès de ces flots verts, qui hurlaient sur l'écueil ;
Et dans l'immensité, perdu comme un atôme,
S'évanouir au loin, l'enterrement fantôme !...

« Or, le printemps suivant. je vins sur ce plateau,
Pour écouter les flots chanter, près du coteau ;
Alors, je rencontrai, dans le gazon plongée,
Cette tombe, dans l'herbe à demi submergée.
L'hiver, lorsque ces gens étaient passés en pleurs,
J'avais, sur le chemin, répandu quelques fleurs ;
C'est depuis ce temps-là que j'ai pris l'habitude
D'en apporter ici..., dans cette solitude,

Et d'y pleurer aussi... voilà trois ans, je crois,
Qu'on me voit chaque jour prier sur cette croix !... »

Son chant était fini, mais la note profonde
Semblait se prolonger sur la terre et sur l'onde,
Et lui sentait alors, au fond du ciel obscur,
A travers son brouillard, briller un coin d'azur.

Il rêva quelque temps, l'œil perdu dans l'espace,
Suivant au fond des airs, le nuage qui passe,
Puis sa voix commença ces hymnes saints et doux,
Dont les mots sont des pleurs, et qu'on chante à genoux :

— « O toi, qui bien souvent, sous l'ombre de cet arbre,
Embaumas de parfums et de larmes, ce marbre,
Mon enfant, moi qui souffre, et suis désespéré,
Je te le dis encor : « C'est bien, d'avoir pleuré !...

« Mais toi, la grande ! toi, la divine ! ô Cynthie !
Toi, de tous adorée ! ô toi, sitôt partie !
C'est donc un jour d'hiver que tu vins t'endormir
Sous ces sapins glacés que le vent fait frémir,
Et que les longs accents, qui partaient du rivage,
Ont sacré ton cercueil de majesté sauvage !...
Oh ! lorsque tu dormais sous ces gazons flétris,
Et sous ces hauts sommets par la bise meurtris,
Quand la nuit soupirait, et que de blanches formes
Paraissaient s'envoler dans la hauteur des ormes,
Que devais-tu penser, quand tu n'entendais pas
Les feuilles du coteau s'ébranler sous mes pas ?...
Que devais-tu penser, quand le pin se lamente,
De ne pas voir mes pleurs couler dans la tourmente ?...
Hélas ! un jour de froid, ton cercueil s'en alla
S'abîmer sous la terre.... et je n'étais pas là !...

« Mais ce jour, le sais-tu, j'entendis dans mon rêve,
Comme des voix, bien loin, chantant sur une grève,
J'ai senti dans mon cœur, quelque chose de nu,
D'affreux, de vide !... alors, en pleurs, je suis venu !....

« Oh ! pour ne pas quitter cette tombe isolée,
Pour rester à jamais dans la sainte vallée,
Je voudrais être au moins la chétive fourmi,
Qui travaille et qui court sur ce marbre endormi,

Le papillon léger, enivré de lumière,
Qui passe, en y laissant un peu de sa poussière,
Ou le lierre, qui peut, en rameaux assouplis,
Incruster au tombeau ses bras aux cent replis.
Car, lorsque prosterné sur cette chaste place,
Dans mes bras éperdus je l'entoure et l'enlace,
Il me semble soudain, que saisi de pitié,
Le marbre froid et dur se découvre à moitié,
Que de nombreux sillons parcourent son front grave,
Et qu'en frémissements, tout mon être s'y grave !...

« Hélas ! ce pieux seuil, où brillants et nombreux,
Mille insectes divers, au vol aventureux,
Se posent un moment, en agitant leurs ailes,
Ce tombeau caressé par leurs antennes frêles,
C'est un monde pour eux... hélas ! aussi pour moi !...
Car le cœur débordant de douleur et d'émoi,
Oui ! je veux t'adorer, pauvre tertre à toute heure,
O mon souffle, ô ma vie, ô dernière demeure !
Et graver dans mon sein, le profond souvenir
De ce passé béni que rien ne peut ternir,
Et dans ce monde ingrat, où l'on dit que tout passe,
Marchant, le regard morne avec la tête basse,
Unissant mon chagrin à mon sombre respect,
Tombe ! je veux savoir à tout moment, l'aspect,
Et les teintes que prend la nuit ou la journée,
Sous l'éclat du ciel pur, ta dalle abandonnée !...

« Et toi, qui dans ton dur et long isolement,
Dors insensible à tout sous ce blanc monument,
O toi, qui dans le monde, avais conduit ma voile,
Qui, soleil dans mon jour, et dans ma nuit, étoile,
Avais, sur cette terre, où le ciel est obscur,
Sur mon âpre chemin, répandu tant d'azur,
Aujourd'hui, sous mes pieds, verte et décomposée,
Tu dors sans mouvement, et le soir, la rosée,
Coule, ainsi que des pleurs tombés sur toi, du ciel !...

« O monde ! tu rirais, monde au regard cruel !
Et pourquoi ? crois-tu donc que sa douleur est fausse,
A ce triste exilé, penché sur une fosse,
Qui, le front désolé, le regard éperdu,
Parle avec des sanglots au cercueil descendu ?
N'importe, l'on rirait, et les sages du monde
Peut-être outrageraient à sa douleur profonde,
Ou bien, le diraient fou ! .. car toujours ici-bas,
On blâme et l'on sourit, quand on ne comprend pas ;
La bave des serpents attente à la corolle,
Et toujours ce qui rampe, insulte à ce qui vole !

« Mais toi, du moins, enfant, qui conservas ton cœur,
Loin du doute sceptique, et du rire moqueur,
Ecoute ; toi, qui vins souvent sur cette mousse,
Chanter près de la morte, avec une voix douce,

Sur ton front embelli par ta sainte action,
Je vais laisser tomber la bénédiction
Que la voix des proscrits fait tomber des étoiles ;
Et je te dirai, moi : Navire, enfle tes voiles !
Et passe inaperçu de l'univers impur,
Qui soupçonne le mal, même au fond de l'azur ;
Crois au vrai, crois au juste, et pleine d'harmonie,
Crois aux grands sentiments, qui font l'âme bénie ;
Jamais au mal, jamais aux faux dieux de ce jour !...
Oh ! surtout, mon enfant ! ne crois pas à l'amour !...

« Car toujours l'homme suit son chemin solitaire,
A demi dans le ciel, à demi dans la terre,
L'œil rêveur !.., se sentant hélas ! à tout moment,
Appelé par l'abime ou par le firmament,
Chancelant, et parfois, tombant, tête baissée,
Quand le corps, sombre lutte, a vaincu la pensée.
Or, la pensée est tout ! enfant, obéis-lui,
Car c'est un pur soleil qui dans notre ombre, a lui ;
Car il règne sur terre, un chaos bien étrange ;
L'homme est un animal, avec des ailes d'ange,
Un bois hideux qui brûle avec un feu divin,
Un fleuve de cristal dans un affreux ravin ;
Partout l'on sent percer une double origine,
Chaque tombe est un creux fait sur une colline,
Et l'homme tient toujours, en tout temps, en tout lieu,
Aux bêtes par le corps, par la pensée à Dieu !... »

La jeune fille alors devant son front qui rêve :
« Qui donc vous a conduit aux bords de cette grève ? »

— « Enfant ! c'est... »

        Mais alors, globe embrasé de feu,
Le soleil s'abîmait dans le sein du ciel bleu,
Et semblait, éclatant de splendeur sidérale,
S'échapper des creusets d'une forge idéale ;
Les flots vibraient ; les bois, à ces vents du couchant,
Entre-heurtaient leurs fronts, en murmurant un chant,
Et l'horizon ouvrait, immense, diaprée,
Une plage du ciel, de soleils empourprée,
Où le frémissement des rayons dévoilait,
Sur les brisants du ciel, l'azur qui déferlait ;
Puis des rocs nuageux lançaient parfois brisée,
Une vague d'opale, en écume irisée,
Dont les reflets teintaient d'un jour surnaturel,
L'infini, par instant, s'étoilant d'arcs-en-ciel !...

L'air brillait... comme si tout ce qui plane, vole,
Chante, éclate, eût voulu sacrer d'une auréole,
Ce mot qui résonna près du tertre béni,
Comme un suprême accord tonnant dans l'infini :

— « Enfant ! c'est l'amitié !.... »

                    Rayonnement splendide !...
L'horizon fut saisi par un frisson rapide,
Et comme il frémissait d'un long tressaillement,
Le soleil dans la mer, descendit lentement,
L'eau fusant près du disque où la lumière éclate.
Tel, en un bain d'or pur, tombe un globe écarlate !...

Mais lui reprit en pleurs :

                    — « Oh ! souffrir d'amitié !
Sans exciter jamais un regard de pitié,

Et sur le froid chemin où la douleur mortelle
Fait que souvent ému, l'homme brisé chancelle,
Et tombe sur les mains avec du sang au cœur,
Entendre autour de soi, comme un écho moqueur !...
Hélas ! le monde accorde encor quelques larmes,
Dans sa froide sagesse, à certaines alarmes,
A certaines douleurs, donne parfois la main ;
Mais malheur à qui sort du mouvement humain !
A qui vient incliner son front sur une tombe,
Où l'amitié conduit son âme où souvent tombe,
Quelque chose de pur, de chaste, et d'azuré,
Espoir divin, passé béni, présent sacré !...
On lui jette en passant un mot de calomnie !...

« Oh ! n'avoir pas compris quelle sainte harmonie,
Fait naître l'amitié sous son rayon puissant !
Rire, quand il faudrait pleurer des pleurs de sang !
Rire, devant un cœur où tout un monde croule !
Rire !... Et le malheureux qui sent rire la foule,
Lui, qui le front crispé sous le coup des douleurs,
Se tord dans ses sanglots, et se noie en ses pleurs,
Lui, dont le front blêmi s'incline dans la cendre,
Il doit se taire,... il doit fuir, et ne rien entendre !...
Car s'il se redressait, et s'écriait : « C'est mal !
C'est affreux !!. C'est impie !!!... ô rire !... coup fatal !...
S'il cherchait une proie, et la jetait à terre,
Le reste se tairait, mais il rirait derrière,
Et l'on ne croirait pas encore à l'amitié !...

« Oh ! quand brisé de maux, quand mourant à moitié,
Un homme s'agenouille, et prie auprès d'un arbre,
Dont les rameaux pensifs ombragent un saint marbre,
L'on sourit... car l'on veut, pour croire à la vertu,
Que la douleur se traîne en un chemin battu.
Mais quand on voit un homme éperdu près du gouffre,
Pleurer près d'une amie, et vous dire : Je souffre !...
Je meurs, moi !!!... Vous riez, et vous n'en croyez rien !
Ou bien vous murmurez : Pleurer un jour : c'est bien ;
Deux, c'est beaucoup... et plus... vous dites : c'est étrange!

« Oh ! le monde pourtant, qui jette sur la fange,
Et sur l'impureté, tant de voiles épais ;
Lui qui donne toujours au vice, un mot de paix,
Lui qui passe, ne voit rien, oublie et pardonne
Le mal... devant le bien, c'est alors qu'il s'étonne,
Et qu'il laisse du sein de son sourire impur,
Le doute, affreux brouillard, monter vers cet azur !
Il n'aime pas à voir passer sur cette terre,
Des êtres à l'abri de son souffle adultère,
Tels qu'on voit dans les airs, fuyant les noirs frimas,
Des cygnes blancs voler vers de nouveaux climats.
Non! pour obtenir grâce, et pour plaire à la foule,
Nos cœurs doivent sembler sortir d'un même moule,
Ce qui scintille hélas ! s'expose aux coups cachés,
Et l'inspiration tombe sous les clichés !...

« Enfant, un dernier mot. La nuit descend profonde,
Bientôt tu vas partir, et peut-être en ce monde,
Je ne te verrai plus, mais je te dirai : Va !....
Le chemin isolé que ton œil pur trouva,
Le sentier solitaire, allant à la colline,
Fréquente-les souvent, car la tombe est divine.
Reviens souvent jeter ta prière et tes fleurs ;
Reviens.... et si l'on rit, toi, réponds par tes pleurs !...
Crois !... la foi sauve tout ; les hommes et les voiles !...
La morte te sourit du haut de ses étoiles !..
Songes-y, quand tu viens prier sur cet autel :
La terre, c'est l'amour.... l'amitié, c'est le ciel !...

« Oh ! crois à l'amitié ! car l'amitié rayonne,
Et brille sur le front, ainsi qu'une couronne,
Car dans nos bois obscurs, regarde, mon enfant,
Le tigre, le hibou, la louve, l'éléphant,
Le singe, dont la vie, en l'ombre se consomme....
Tous ont l'amour !... vois-tu : l'amitié c'est à l'homme
C'est le signe sacré que Dieu nous mit au front.
Garde-le toujours chaste, à l'abri de l'affront,
Cherchant à devenir, dans le fond de ton âme,
Comme Elle, un esprit d'ange, au sein d'un corps de femme ! .. »

Il se tut. Et tandis qu'il songeait grave et doux,
La jeune fille encor se mit à deux genoux ;
Elle lui dit adieu, s'inclina sur la tombe,
Et bientôt disparut au sein du soir qui tombe.

. . . .
. . . .

Lorsqu'il se sentit seul dans l'ombre, quand nul pas,
N'arriva jusqu'au tertre, il commença tout bas,
Un hymne grave et pur, dont la note hâtive,
Vibrait comme un métal, ou volait fugitive ;
C'était un hymne étrange, et ses brusques accords,
Devaient, dans leurs cercueils, faire frémir les corps ;

Et sans qu'un souffle d'air, en agitât les faites,
Les peupliers géants entre-choquaient leurs têtes.

Et lui, demi-penché sur le tombeau sacré,
Que la lune couvrait d'un demi-jour nacré,
Il croyait, par moments, voir remuer la pierre ;
Et ses regards plongeaient plus avant, dans la terre.

« Écoute-moi, dit-il, écoute !... me voilà,
Seul, auprès de ta tombe, amie, et je suis là ;
Car mes yeux ne sont pas ainsi que ceux du monde,
Effrayés de plonger dans la tombe profonde.
Non ! la fosse où tu dors, en proie aux vers affreux ;
J'y descendrai vivant, (ô spectacle hideux) !
Et parlant à voix basse, à ton oreille morte,
Je ferai tressaillir leur immonde cohorte !...
Oh ! quand on vous oublie en un froid monument,
O morts ! que vous devez sentir l'isolement,
Et quand l'horrible bière, à descendre si lourde,
Sous le sol entassé, se tait et devient sourde,
Lorsque le fossoyeur n'entend plus résonner
Le cercueil, qu'au tombeau, l'on vient d'abandonner ;
Hélas ! le plus souvent, dès que l'âme est partie,
On passe, en oubliant la dépouille engloutie !

« Ah ! lorsque nos amis s'en vont au loin de nous,
Nous y pensons pourtant ; même, il nous semble doux,

De suivre alors leurs pas au fond de la pensée,
De nous représenter, et la route tracée,
Et les chemins qu'ils font, et les lieux qu'ils vont voir,
Rayon béni jeté sur l'éloignement noir !...
Mais les morts ! ces absents pour un plus long voyage,
Quand on a sur leur front, et leur pâle visage,
Jeté de l'eau bénite, et déposé des fleurs,
Quand le cercueil descend, inondé par nos pleurs ;
Pourquoi donc oublier leur dépouille mortelle ?
Oh ! pourquoi, quand la nuit arrive solennelle,
Ne pas les embaumer dans de pieux accords ?
Ah ! pleurons-les entiers ; ils étaient âme et corps !...
Et quelque affreux que soit le dessous de la tombe,
Quelle que soit l'horreur, qui dans la bière tombe,
Ce front décomposé, nos cœurs l'avaient chéri ;
Ces lèvres ont parlé, ces yeux nous ont souri !...
Ah ! ne les laissons pas, lorsque la mort les ronge !...

« Oh ! je sais ; l'on a froid, alors que l'on K songe ;
Mais mon regard ému plongera jusqu'au fond
Du cercueil où tu dors dans ton sommeil profond,
Et quand je serai seul, mon œil que rien n'effraie,
Verra dans ce tombeau, comme en la nuit, l'orfraie.

« Il est donc arrivé sous ces cieux embaumés,
Un jour où tes yeux purs, hélas ! se sont fermés,

Où le sourire errant sur ton front diaphane,
Est mort, comme le soir, une fleur qui se fane;
Jour, où ton corps glacé, dans la bière, étendu,
Par un froid temps d'hiver, ici, fut descendu!
Oui, c'est dans cet état, que perdant toute forme,
Le corps béni bientôt se fond et se transforme,
Et que les vibrions, en leur fourmillement,
Donnent un second acte au noir enterrement.
Hélas! sous leurs baisers éperdus et cyniques,
Croissent rapidement d'immondes botaniques.
Le corps bleuit... les yeux, avant peu couleront,
Et ces cheveux si beaux, qui couronnaient le front,
Gisent épars, auprès de la froide dépouille!...
Oh! voir ce qui rayonne auprès de ce qui souille,
Voir les traits adorés rongés des affreux vers,
Voilà ce qu'on découvre en plongeant à travers
La tombe, et l'on frémit de la sombre palette...
Oui, d'abord la charogne, et plus tard le squelette!...

« Mais l'âme, l'âme intacte, et d'un vol assuré,
S'élève à nos regards, comme un oiseau sacré,
Et comme un papillon, brisant sa chrysalide,
Au milieu des azurs, fuit d'un essor rapide!

« Mais plus d'un pâlirait à ce spectacle affreux;
Hélas! il faut aimer pour y plonger ses yeux,
Et les hommes, de tout, faisant une réclame,
Veulent d'une douleur sur laquelle on déclame;

Tout le monde, ici-bas, n'a pas l'art de souffrir....
On veut fuir le chagrin, en se disant martyr.
Il en est hélas ! peu, qui vont dans le silence,
Enfouir loin des yeux, leur culte et leur souffrance,
Et qui, le front courbé, sans consolation,
Gardant comme un feu pur, la bénédiction,
Qui scintille, auréole, au début de leur vie,
Refusent de céder à la mélancolie,
Lâcheté du chagrin !....

                    « ...Mais toi, sous tes cyprès,
Tu dormiras toujours, que je sois loin ou près ;
Je vais partir, agir, lutter, vivre en la foule,
Et quel que soit mon sort, quelle que soit la houle,
Qui batte mon navire, hélas ! je te saurai,
Toujours froide et glacée, alors que je vivrai.
Mais ; songes-y, tous ceux, aujourd'hui pleins de vie,
Qui refusent des pleurs à ta terre bénie,
Et dont je suis jaloux pour toi, dans ce tombeau,
Tous aussi, dans la mort, s'en iront, froid lambeau !...

« Un jour, bientôt peut-être, au sentier solitaire,
Mes os iront s'étendre à six pieds sous la terre,
Et de noirs champignons dévoreront mes flancs ;
Et je n'entendrai plus les longs accords sifflants
Du vent, qui tous les soirs, souffle dans la vallée !...
Mais jusque là, portant ma douleur isolée,

Je passerai mes jours, ferme, mais triste et seul,
Sentant comme un manteau de glace, ton linceul !
Bravant le rire humain, planant loin de l'insulte,
J'élèverai ton nom, à la hauteur d'un culte !...
Le ciel me bénira, car il te bénissait,
Et par cette amitié, qui nous réunissait,
Je jetterai sur toi, le manteau d'auréoles,
Puis aux crins hérissés de nos comètes folles,
Et ton nom... »

...Mais alors, le brouillard qui montait,
Éteignit cette voix qui pleurait et chantait.
On n'entrevoyait plus qu'à rares intervalles,
Se dessiner au loin des formes idéales,
Et la tombe semblait sur un océan bleu,
Flotter, barque mystique, à la garde de Dieu !...

LES PHALÈNES

LES PHALÈNES

A MON AMI FERDINAND GOLDSMITH

La nuit, souvent, lorsque je veille,
Quand mon front vient à s'incliner,
J'entends autour de mon oreille,
Les Phalènes tourbillonner.

Autour de ma pâle bougie
Leur essaim plein d'énivrement,
Passe, et plus d'un, l'aile rougie,
Vient s'y brûler fatalement.

Il tombe, et pendant qu'il expire,
Resserrant le cercle brisé,
Les autres achèvent leur spire,
Tandis que lui, meurt embrasé.

Et longtemps, je le vois qui tremble,
Et palpite auprès de ma main,
Semblable à la feuille du tremble,
Arrachée au bord du chemin.

C'est ainsi ; c'est la loi terrible
Que nous subissons ici-bas !
Et de même que dans un crible,
Passent les grains qu'on ne voit pas ;

Ainsi, nous nous brûlons sans cesse
Au feu sacré du souvenir,
Et nous partons avec tristesse,
Sans qu'on nous sente hélas ! partir.

Car, sur cette terre, où nous sommes,
L'homme toujours doit passer seul ;
Et c'est l'oubli des autres hommes,
Qui sera son dernier linceul.

LA VIE INTIME

Les meilleurs de mes vers ne sont pas ceux qu'emporte
Le vent cruel et dur, qui mugit ici-bas ;
Je le laisse effacer l'empreinte de mes pas,
Mais s'épuiser en vain, en heurtant à ma porte ;

Et tel qu'un arbre mort laisse sa feuille morte
S'envoler sur la route au soufle du trépas,
J'abandonne les uns, mais je ne laisse pas,
De mes plus chers accents, s'envoler la cohorte.

Je les chante tout bas, souvent à mon esprit,
Ainsi que le chagrin jadis me les apprit,
Ainsi que ma douleur les chante sur ma lyre ;

Car, c'est par la douleur qu'ils sont nés, en effet ;
Bien peu de mes amis même auront pu les lire ;
Mais ceux qui les ont lus, me savent tout à fait.

PENSÉES SUPRÊMES

Lorsque le temps est bien sombre,
Le chemin bien effacé,
Et que le ciel rempli d'ombre,
Laisse le temps plus glacé ;

Ou, quand un haillon de nue
Passe, ardent, échevelé,
Sur la face blême, nue
Du croissant par lui, voilé.

Quand sous le coup des tempêtes,
Les vieux sapins chevelus
Courbent en sifflant leurs têtes,
Et leurs bras longs et velus ;

Lorsque, par endroits, sur terre,
Les feuilles s'amassent en tas ;
Le soir ; et quand le tonnerre
Déchire le taffetas....

C'est dans ce concert étrange,
Sans mesure et discordant,
Dont parfois le rhythme change,
Soit lugubre, soit strident ;

C'est au sein de la tourmente,
Quand le triste oiseau de nuit
Dans les bois noirs, se lamente,
Lorsque l'éclair hagard luit ;

C'est quand cet orage passe,
Qu'un songe aux morts qui sont seuls,
Dormant leur sommeil de glace,
Dans les plis de leurs linceuls ;

Qu'on voudrait, la nuit entière,
Et sous les vents ennemis,
Veiller dans le cimetière,
Près des tertres endormis !.....

LA VOIX DES AMES

A MA MÈRE

N'as-tu jamais senti, lorsque la nuit profonde
Étendait son linceul, sur le front des cyprès,
Comme un concert de voix, quand tu passais auprès,
Et qui semblait venir d'autre part que du monde ;

Puis des vagues accents qui s'élevaient sur l'onde,
Et que les vieux échos à parler, toujours prêts,
Se redisaient longtemps et renvoyaient après
Mourir sur les flots verts de l'Océan qui gronde...

7

Pâle jeton de nacre au bleu tapis des cieux
La lune enveloppait d'un jour mystérieux
La nature où vibrait cette étrange harmonie...

J'ai souvent entendu s'exhaler ces accords,
Convaincu que c'était un hymne, qu'à la vie,
Venait chanter le soir, l'âme pure des morts !

PAYSAGE NOCTURNE

La nuit descend profonde,
Et les purs alcyons
Se baignent dans une onde
  De blancs rayons ;

La lune, au regard pâle
Dans le ciel azuré,
Donne un reflet d'opale,
  Au flot nacré ;

Agité par la brise,
L'Océan convulsif,
Se soulève et se brise
  Sur le récif.

Au fond du ciel sans voiles,
On pourrait écouter
Les mille voix d'étoiles,
    Au loin chanter ;

La vague qui murmure
Son hymne douloureux ;
Le bruit de la ramure,
    Au dôme ombreux.

La plainte douce et sombre
Qu'un calice odorant,
Exhale au fond de l'ombre,
    En expirant ;

Et le chant monotone,
Qu'on entend dans les cieux
Par les longs soirs d'automne,
    Silencieux.

UN MARTYR

A MON AMI. PAUL CLEMENCEAU

Un soir que je suivais le fil de la rivière,
J'aperçus tout à coup au détour du sentier,
Sautant et se tordant au pied d'un églantier,
Un serpent écrasé sur le creux de l'ornière.

Et son corps se ployait ainsi qu'une lanière,
Ou ces copeaux qu'on voit aux abords d'un chantier,
Tandis que son œil mort reflétait tout entier,
Le paroxysme affreux de la douleur dernière

Or, pendant qu'il râlait, de son ventre crevé
Ses viscères allaient grouiller sur le pavé,
En teignant le gazon d'un affreux caillot rose ;

Et tous ceux qui passaient près de l'être rampant,
Mourant sous l'arbrisseau que son humeur arrose,
Plaignirent l'églantier.... Moi, j'ai plaint le serpent.

LES AMPUTÉS

A MON AMI JULES GILBERT

I

Lorsque le temps est à l'orage,
On voit, promeneurs isolés,
Des blessés au pâle visage,
Traînant leurs restes mutilés ;

Rompant quelquefois leur silence,
Et d'un ton à peine entendu,
Parler tout bas d'une souffrance,
« Dans » le membre qu'ils ont perdu.

II

Hélas ! ainsi le cœur que broie
Le chagrin aux terribles coups,
Pauvres blessés que le sort ploie,
Souffre parfois ainsi que vous ;

Et pleurant au bord de la tombe
Où tout espoir est descendu,
On souffre aussi, quand le soir tombe,
« Dans » l'être cher qu'on a perdu.

SÉPULTURE.

A THÉODORE DE BANVILLE.

J'ai plongé mes regards, un jour sur la nature,
A l'heure où la marée à l'horizon descend,
Et j'ai vu que la mer au roulis incessant,
Comme le cœur humain, est une sépulture.

Dans l'une, s'engloutit mainte haute mâture,
Dans l'autre, maint espoir, tôt ou tard décroissant ;
Ici, les grands requins passent ivres de sang,
Là, les chagrins vautours, recherchent leur pâture.

Et puis, flottent au loin, parfois quelques agrès,
Et le cœur humain crie au vent noir des regrets,
Ainsi qu'un naufragé debout sur une épave ;

Malheureux accroché sur l'écueil de granit,
Infortuné qui sent, dans sa tristesse grave,
Tout son bonheur passé, mourir à son zénith !

LA BRANCHE DE HOUX

A MADEMOISELLE E... C.-K.

Lorsque l'hiver a soufflé sur la plaine,
En abattant les fleurs et les roseaux,
Quand tout périt sous sa mortelle haleine,
Lorsque la glace a recouvert les eaux ;

Dans la nuit sombre, où siffle la tourmente,
Où l'on entend les arbres se briser,
Où le flot jette une plainte incessante,
Chaque oiseau cherche un nid pour se poser.

Un arbrisseau montre à tous son feuillage,
Tout hérissé de dards, mais toujours vert ;
Bravant le froid à la sinistre rage,
Jamais son front ne reste découvert.

Oui ; c'est le houx, qui, gardant sa verdure,
Charme nos yeux, alors que tout est mort,
Et nous disons : lui seul, dans la nature,
Reste insensible aux injures du sort.

Mais nous, rêveurs qui songeons en silence,
Et qui savons ce que l'on peut souffrir,
Sans qu'un seul geste atteste la souffrance,
Sans qu'un seul mot la fasse pressentir ;

Nous répondons ; peut-être la tempête,
Qui nous paraît l'épargner de ses coups,
Lui fait sentir une douleur secrète,
Qu'il souffre hélas ! comme nous souffrons tous.

Oui, dans la vie, alors qu'on semble rire,
Souvent notre âme est en proie aux douleurs,
Un noir chagrin nous presse et nous déchire ;
Le front rayonne ; et nous rongeons nos pleurs ;

Nous nous courbons sous cette affreuse étreinte,
Nous voudrions l'écarter loin de nous,
Mais c'est en vain, et notre vie atteinte,
Parfois rappelle une branche de houx.

(janvier 1876).

PRESSENTIMENT

A M. EUG. TALBOT.

Il est une légende, au fond du Finistère,
Qui prétend que l'esprit, dans son rêve emporté,
Le verra devenir un jour réalité,
Si quelque étoile alors file aux yeux de la terre.

Or, un soir que j'errais pensif et solitaire,
Sur les bords d'une grève au murmure enchanté,
Lorsque tout rayonnait d'une blanche clarté,
Il passa dans mon cœur, une pensée austère.

Je songeai que plus tard, je verrai sous mes cieux,
Bien des bonheurs hélas ! mourir silencieux,
Bien des marbres s'offrir à mon âme qui pleure.

Je relevai mon front que ces soupçons chargeaient,
Comme un roseau plié sous le vent qui l'effleure...
Dans la prairie : Azur, les étoiles neigeaient.

LE DERNIER POINT.

A SULLY PRUDHOMME

Un jour, à Brest, au bord d'une digue, où l'orage
    Et les flots se heurtaient,
Les yeux sur un vaisseau qui fuyait du rivage,
    Des femmes sanglottaient.

C'était un sombre temps, l'Océan plein d'écume,
    Grondait son morne chant,
Et le navire au loin, emporté dans la brume,
    Dérivait au couchant.

S.

Et les femmes pleuraient, et leur paupière avide,
     Près de ces flots vainqueurs,
Cherchaient encor à voir l'esquif, qui dans le vide,
     Emportait tous leurs cœurs.

Elles restèrent là, dans leur douleur profonde,
     Seules, au bord des flots,
Mêlant au sombre bruit que leur apportait l'onde,
     Le bruit de leurs sanglots.

Elles restèrent là, puis tous les jours, de même,
     Sur le môle en granit,
Elles fixaient la ligne, où l'horizon extrême,
     Avec la mer s'unit.

Et je les regardai, les plaignant, pauvres femmes,
     Sachant ce qu'a d'affreux,
L'instant où l'on a vu l'être cher à nos âmes,
     S'effacer à nos yeux.

Heureux ceux dont le cœur peut, malgré la distance,
     Conserver quelque espoir,
Et voir briller parfois l'étoile d'espérance,
     Au fond de leur ciel noir.

Car c'est un mal terrible et qui mord la poitrine,
        Quand, sur notre horizon,
Ce point, ce dernier point, où notre front s'incline,
        Hélas! est un gazon!..

UN GLAS ÉTRANGE

A MON AMI A. LE CHAT

Jadis, il m'en souvient, par une nuit bien sombre,
Je passais sous l'arcade immense d'un gibet,
Que la neige inondait et que le vent courbait ;
Un cadavre hideux y projetait son ombre.

C'était le deux novembre ; et des flocons sans nombre,
S'amoncelaient au sol ; et le ciel se plombait,
Laissant voir par instants le soleil qui tombait
Derrière les vieux monts, comme un vaisseau qui sombre.

A côté de ce corps, une cloche en métal,
Qui, sans doute, sonna pour lui, l'instant fatal,
Demeurait depuis lors, immobile et muette.

Puis, par moments vibrait sous les pieds du squelette.
Voilà déjà longtemps.... J'ai toujours entendu
Ce glas du jour des morts, sonné par un pendu!...

L'OUBLI

Hermann, ce rêveur triste, à la tête pensive,
Un jour qu'il errait seul sur le bord de la rive,
Entendit une voix qui chantait dans sa nuit :

« O toi, sombre penseur, que la douleur poursuit,
Poëte, chante l'oubli, dans ses bienfaits immenses,
L'oubli, qui des mortels, affaiblit les souffrances,
En cachant à leurs yeux, dans un passé lointain,
Leurs rêves d'un moment, brisés par le destin.

« Des esprits abusés, naïfs, ou téméraires,
Au milieu des loisirs de jours doux et prospères,
Se plaisent à rêver des avenirs charmants,
Changés, plus tard, changés en éternels tourments ;

Débutant l'esprit pur, le cœur plein d'ignorance,
Bercés par le bonheur, noyé dans l'espérance,
Conscrits infortunés, ils ignorent encor,
Ce qu'on souffre en buvant ce poison aux flots d'or.

« Hélas ! dans cette vie où tout croule débile,
Il est fou de chercher, un seul jour immobile,
Où veux-tu donc porter tes regards sans ennui,
Est-ce sur le passé ?... beau songe évanoui !...
L'avenir, un tableau que la lumière doré,
Mais que le vent bientôt, de son souffle évapore,
Le présent est un mot vide de sens, et creux,
Qui meurt, dès qu'il est né sur l'horizon encreux,
Chaque homme voit mourir chaque rêve qu'il mène,
Et l'horizon d'or cède à l'horizon d'ébène,
Le nuage empourpré devient sombre et bronzé,
Plus un homme espéra, plus il fut abusé ;

« O penseur, chante donc l'oubli !... »

Mais le poëte
Passait sur cette terre, en inclinant la tête,
Et demandant surtout que nul ne le plaignît...

Et devant sa douleur, cette voix s'éteignit.

(mars 1874).

DANS LA TOMBE

Tel, un zéphyr d'été, glissant au fond des eaux,
Fait écumer les flots sur les roches massives,
Et frissonner au loin les volutes lascives
Des nénufars perdus au milieu des roseaux ;

Tel, le vent du printemps, éveillant les oiseaux
Engourdis dans leurs nids sur les branches pensives,
Agite sur le sol, des spirales cursives,
Qu'on y voit se mouvoir en fugaces réseaux ;

9

Ainsi ma voix souvent par les larmes couverte,
Vient errer sur les morts dont la figure est verte,
Et murmure près d'eux, de saints et purs accords ;

Et mon souffle pieux chassant au loin les toiles,
Que les vers du tombeau trament près de leurs corps,
Transporte au ciel, leur cendre, en un poussier d'étoiles !

LE NID D'ALCYONS

LE NID D'ALCYONS

A FRANÇOIS COPPÉE

I

Dans un creux de rocher de la plage déserte,
A demi démolie, à tous les vents ouverte,
Se dresse une cahute à l'aspect désolé,
Que l'œil remarque à peine en cet angle isolé.
C'est un débile abri formé de vieilles planches,
Un point noir qui fait tache au sein des pierres blanches ;
C'est un fond de bateau, par les flots rejeté,
Qui vient former les murs de cet antre écarté ;

La mousse et les lichens croissent sur sa toiture,
Et quand l'orage au loin mugit sur la nature,
On doit sentir trembler ce fragile réduit,
Comme tremble un vaisseau, sur l'Océan, la nuit.
On y doit sentir battre aussi par intervalles,
Les coups de l'âpre mer, et l'assaut des rafales,
Et jadis, quand le soir, la triste voix des flots,
Venait sur la falaise épuiser ses sanglots,
L'homme qui demeurait dans la hutte a, peut-être,
A de certains instants, senti frémir son être.

C'était un malheureux venu d'on ne sait où,
Qui l'habita naguère... on disait : c'est un fou !
(Car le monde cruel insulte à la tristesse) ;
Il vivait morne et seul, en proie à sa détresse,
Et sur la sombre plage, écarté loin du bruit,
Il marchait tout le jour ; et souvent, dans la nuit,
On le voyait errer comme un spectre en la brume.

Sur les rocs où le flot envoyait son écume,
Où sur la haute berge, il s'endormait souvent;
Hélas ! chaque matin le retrouvait vivant !...
Douloureux, résigné, le front serein et grave,
De quelque grand naufrage, il semblait une épave,
Car toujours l'œil fixé sur l'élément amer,
Ainsi qu'une vigie attentive à la mer,
Lorsque la nuit tendait au loin son triste voile,
Il semblait sur les flots rechercher une voile.

Oh ! sur ce pic désert, qu'il y venait souvent
Pleurer longtemps, le soir, aux heures de grand vent ;
C'est alors qu'il semblait frappé par la démence,
Il courait comme un fou, sur le rivage immense.
En se frappant le front, et du sang dans les yeux,
Et puis, il murmurait des mots si furieux,
Qu'effrayés par l'accent de ses plaintes mortelles,
Les alcyons fuyaient avec un grand bruit d'ailes.

II

La tempête rendait cet homme exaspéré,
Car il avait souffert dans son âme, et pleuré ;
Car avant de plonger dans la nuit des alarmes,
Il eut tous les bonheurs avant toutes les larmes ;
Car il avait connu l'espoir doux et vainqueur ;
Et puis un coup de vent vint lui briser le cœur !
Un jour sur cette grève où le passé le rive,
Il voyait un canot s'éloigner de la rive ;
Le matin était pur, et l'on parlait du soir ;
Hélas ! on se quittait, en disant : « Au revoir !... »

Au revoir !... ah ! ce mot, si rempli d'espérance,
Ce mot que l'on se dit au moment d'une absence,

Croyant par là, peut-être, obliger le destin,
A vous donner le soir, quand on a le matin.
Ah ! ce mot qui se dit presque dans un sourire,
Qu'on dit au lieu « d'adieu », mot qu'on n'ose pas dire...
Oh ! non.... ne dites pas « au revoir !... » ce mot-là
Se dément trop de fois dans la vie, et voilà
Pourquoi lorsqu'on se quitte et que la route efface
Les visages chéris pâlissant dans l'espace,
Il faut songer alors que demain est à Dieu,
Et que le rendez-vous souvent cache l'adieu !

III

Hélas ! lorsque le soir, il revint sur la plage,
Le vent s'était levé comme pour un orage ;
Sur les cailloux épars, le flot se brisait vert,
Et soudain rejetait un débris entr'ouvert,
Sans mâts, sans avirons, la carène percée...
Sur quelque sombre écueil, par la brise, poussée,
La barque avait longtemps sans doute résisté ;
Sur le tableau d'arrière à demi dévasté,
Le flot qui la roulait dans sa noire furie,
Avait laissé ces mots : « l'Espoir » ; sombre ironie !...

L'infortuné plia sous ce coup. La douleur,
A son front, fit monter une froide sueur ;
Ses yeux sur l'horizon, s'égarèrent ; puis grave,
Il tira de la mer, cette dernière épave...

Non loin de lui, passaient des promeneurs joyeux ;
Car au monde qui rit, qu'importe un malheureux !...

Lui, croisa ses deux bras sur sa mâle poitrine,
Et l'œil éteint, l'œil mort où l'angoisse domine,
Jeta dans un moment, un terrible regard
Plein de haine et d'amour, sur l'Océan hagard ;
Car c'était l'assassin... mais c'est aussi la tombe !...

C'est depuis ce jour-là que sans cesse il succombe,
Sous le poids d'un chagrin que le temps rend plus lourd ;
La mer a pris, dès lors, dans son murmure sourd,
La voix des engloutis pour son oreille triste.
Il a bâti sa hutte avec ce qui subsiste
Du vaisseau rejeté ; c'est là qu'il vit tout seul,
Auprès de l'Océan, humide et froid linceul,
Et que dans son sommeil, sous ces fragiles planches.
Voit parfois dans la nuit passer des ailes blanches.
C'est là, que recueilli, ce sublime exilé,
Vient souvent sur la mer, se pencher désolé,
Et murmurer au flot, qui chante et qui soupire :
« O mer ! prenez l'épave, ou rendez le navire !... »

IV

Or, un soir qu'il errait, morne, et le front baissé,
Songeant à son malheur, songeant à son passé,
Et regardant les flots déferler sur la grève,
Un soir qu'il s'abîmait dans cet immense rêve
Des souvenirs bénis, il vit sur le rocher,
Un alcyon... La mer venait de le toucher
Au sortir de son nid, et la vague mortelle,
Le jetant sur la pierre, avait brisé son aile ;
Puis, en se retirant, elle avait entraîné
Le nid, qu'elle emportait de fucus couronné ;
Et ce nid balancé par la nappe houleuse
Allait à la dérive en cette nuit brumeuse.
On le voyait parfois à demi submergé,
S'enfuir à l'horizon, fragile naufragé,
Emporté dans la nuit, dans le noir, dans le vide,
Par les vents irrités, et par le flot livide.
Et l'alcyon blessé le regardait sur l'eau,
Et son œil était doux et triste....

                              Hélas ! l'oiseau
N'a pas, dans sa douleur, de larmes à répandre,
Ni de mots pour prier, ni d'amis pour l'entendre,

Mais comme nous, il porte au côté gauche, un cœur,
Qui peut bondir d'extase, ou frémir de douleur.

Lui, tremblait, en voyant sur les flots pleins d'écume,
Tout ce qu'il adorait, s'effacer dans la brume.
Son aile était ouverte, et le sang en coulait ;
Par brusques soubressauts, il se dressait, voulait
L'étendre à travers l'air, et voler vers ces vagues,
Où le nid pâlissait dans des profondeurs vagues ;
Il se levait alors dans un suprême effort,
Mais son cœur qui souffrait, seul en lui restait fort !
Retombant sur le roc que l'Océan arrose,
Il voyait de son corps s'échapper un flot rose ;
Quelque plume arrachée à ses flancs qui râlaient,
Volait (suprême adieu !) vers ceux qui s'en allaient ;
Et l'on eût dit, à voir cette angoisse mortelle,
Qu'une âme humaine alors habitait ce corps frêle,
Ces ailes que le vent venait de déchirer,
Ces tristes yeux d'oiseau, qui ne peuvent pleurer !...
Oh ! s'il eût été seul, perdu sur cette plage !...
Mais un homme souffrait aussi sur le rivage,
Et ces deux malheureux en voulaient à la mer ;
Car à tous deux aussi, cet élément amer,
A l'un, prenait le nid ; à l'autre, la nacelle ;
La nacelle et le nid portant, douleur mortelle !
Quelque chose de saint, de cher, et de sacré ;
Ce qui donne au ciel sombre, un reflet azuré,
Ce qu'arrache un instant, et ne rend pas la vie !...

. . . .

Et l'homme vit l'oiseau dont l'aile était meurtrie,
Jeter encore au soir, un regard éperdu,
Tandis que sur la pierre, il était étendu ;
Il regarda lui-même à l'horizon immense,
Et dans son cœur rempli de sa chaste souffrance,
Dans son cœur, pur miroir, que l'angoisse ternit,
Il songeait à la barque, en regardant le nid !
Au loin, il la voyait pâlir dans la nuit sombre ;
Alors, levant les yeux vers le ciel chargé d'ombre,
Et regardant après, le pauvre oiseau blessé,
On entendait parfois ce sublime insensé
Murmurer en jetant des regards sur l'abîme :
— « Oui ; je les sauverai !... Pitié ! si c'est un crime !.. »

Éperdu, comme un fou que la douleur poursuit,
Il courait sur la berge, et plongeait dans la nuit :
Quand soudain, sur le nid, allant à la dérive,
Il crut voir un point blanc se dresser vers la rive,
Et l'alcyon mourant se soulevait aussi !...
Lui ne poussa qu'un cri : « S'ils avaient fait ainsi !... »
Et s'approchant du bord, il bondit dans l'orage !...

. . . . . . , ...

V

. . . .
. . . .
Le lendemain, auprès des sables du rivage,
On trouvait entouré de glauques goëmons,
Gisant ; sauvé des flots, le nid des alcyons,
Sur un rocher couvert d'une épaisse algue verte...

Et depuis ce jour-là, la masure est déserte.

TABLE DES MATIÈRES

LES FLEURS NOIRES

Dédicace.   V

Les Fleurs noires.   3
A Auguste Brizeux   5
Le Limaçon   7
La Mouche.   9
Chants perdus, ...   11
L'Homme et les Hommes.   13
Humanité   15
Le Singe.   17
Oh! non, ne dites pas...   19
Un Solitaire   21
Le Poteau   23
Vérité.   25

LA TOMBE DE CYNTHIE

La Tombe de Cynthie.   29

LES PHALÈNES

Les Phalènes.   62
La Vie Intime.   63
Pensées Suprêmes   65
La Voix des Ames.   67
Paysage nocturne   71
Un Martyr   73
Les Amputés   75
Sépulture   77
La Branche de Houx   79
Pressentiment.   83
Le Dernier Point   85
Un Glas étrange   89
L'oubli   91
Dans la Tombe.   93

LE NID D'ALCYONS

Le Nid d'Alcyons   97

Imprimerie A. Deresne, Mayenne. — Paris, boulevard Saint-Michel, 52.